FLORIAN WINTELS

SIEBEN AUF EINEN SCHEISS

Florian Wintels

SIEBEN AUF EINEN SCHEISS

Lektora

Lektora, Paderborn

ERSTE AUFLAGE 2015

LEKTORA GMBH
Karlstraße 56
33098 Paderborn
Tel.: 05251 6886809
Fax: 05251 6886815
www.lektora-verlag.de

Druck: Standartu Spaustuve, Vilnius
Cover: Markus Freise
Lektorat: Lektora GmbH
Satz: Lektora GmbH

Printed in Lithuania

ISBN: 978-3-95461-037-2

Inhalt

Erster Scheiß

Hochmut

Es ward dereinst ein Müller,
der fickte gern und hart,
worauf ihm seine Ehefrau
ein Kind gebären tat.

Der Sprössling war ein strammer Knabe,
kantig wie sein Vater,
breit gebaut und seine Brust
schon bei Geburt behaart, der

Arzt gab ihm nen Klaps,
der Säugling schlug ihn nieder,
um den Stolz zu zeigen,
gebe ich des Müllers Worte wieder:

„Der Typ ist geil, mein Weib,
der ist nicht niedlich, der ist hart wie Stein!
Als Mann im Haus befehle ich nun:
Hartmut muss sein Name sein."

Des Müllers Frau, die Müllerin,
verkehrte gern geschlechtlich,
der Umfang ihres Bauches wuchs
nach Befruchtung recht beträchtlich.

Der zweite Sohn kam anders,
aufrecht gehend auf die Welt,
durchtrennte selbst die Nabelschnur
mit ärztlichem Skalpell.

„Mein Glied hängt hier so frei,
bedeckt den Gipfel meiner Scham!"
sprach das Baby vor den Worten,
die aus Mutters Munde kamen:

„Frohlocket meinem Leibe,
das Kind ist intelligent!
Es wäre klug und auch sehr weise,
wenn man dieses Hellmut nennt!"

Nach einem Jahr: Das Müllerspaar
trieb es nur noch gelegentlich.
meist stieß der Müller einsam
seinen Samen durch die Gegend, bis

dann eines Nachts sein Weibe
durch der Türe Rahmen schritt,
in das, auf unglückliche Weise,
dann des Müllers Samen glitt.

So warf sie schließlich drei Quartale später
ihren dritten Sohn,
der war kaum auf der Welt, stürzte er sich
auf ihre Titten schon.

Doch nicht des Saugens wegen,
nein, ihn trieb die Lust nach Klettern fort,
die Eltern war'n schockiert
und der Doktor sprach mit ernstem Wort:

„Der Junge ist beknackt,
doch das nicht so wie die meisten,
Höhe ist sein Steckenpferd
und Hochmut soll er heißen!"

Die Zeit verflog bald rasch,
so wie ein Furz in einem Tanga,
man schmiss ein Fest,
die Müllersfrau war drei Jahre nicht schwanger.

Man lud sie ein, zum Ehrentag
zur Vorschule zu gehen,
sie sträubten sich zu Recht,
denn es gab Folgendes zu sehen:

Hartmut war der Chef im Haus,
wer das nicht sah, kassierte.
Er sah aus wie ein Elternteil,
wenn er sich nicht rasierte.

Hellmut war längst eingeschult,
ihn schien zu amüsieren,
den Verbalstuhl Vierjähriger
grammatikalisch korrigierend

allen auf den Sack zu geh'n,
doch nicht nur er hob leicht vom Boden ab,
denn Hochmut hing vom Lampenständer
baumelnd wie ein Hodensack.

„Oh Hartmut", rief der Müller,
„ist wie ich, ein guter Sohn,
mit einem einz'gen Schlag auf's Maul
gewinnt der jede Diskussion!"

„Oh Hellmut“, so die Müllerin,
„was der schon alles kann,
der kennt mit gerade mal fünf Jahren
mehr Buchstaben als mein Mann!“

„Und Hochmut?“, frug der Lehrer
zentimetertief im Schweiße,
„Hochmut …“, sagten sie,
„finden wir beide ziemlich scheiße!“

Die Zeit, die alte Sau,
ließ Müllers Haupt kein kräftig Haar
und auch der Gattins Brüste hingen dort,
wo einst ne Taille war.

Hartmut war jetzt Schlachter
und er liebte seinen Job:
„Nervt mich ein Rind“, brüllte er laut,
„kriegt's halt 'nen Bolzen in den Kopp!“

Hellmut war nun Proktologe
und das lag ihm sehr,
aufgrund des Müllers fiel der Umgang ihm
mit Arschlöchern nicht schwer.

Und Hochmut, der war nix,
hielt auf jedem seiner Wege inne,
saß auch nie im Klassenzimmer,
lag meist in der Regenrinne,

hing mit Fledermäusen ab
und tätowierte sich ’ne Leiter,
sah die Frauen sich besteigen,
wenn die Zeit dafür bereit war.

„Tiere töten, geil,
das ist wie DMAX, nur in echt!“
„Wenn ihre Kacke einmal dampft,
Hellmut kommt damit zurecht!“

Schwärmten Müller und die Müllerin
so stolz auf ihre Kinder,
‚nur Hochmut‘, dachten beide,
‚der ist irgendwie behindert.‘

Zeit verging und kam in Form von
Müllers letzter Stunde,
der rief dann, was sein Sack erschuf
um’s Bette in die Runde.

„Ihr lieben zwei und Hochmut
sollt mein Erbe nun erhalten“,
sein knittriges Gesicht
warf dabei eiergroße Falten.

„Hartmut, nimm den Mühlstein,
der hat manches Korn gemahlen
und soll lebensmitteltechnisch
einen Fortbestand erfahren!

Nimm ihn an, wisse,
dass dein Vater durch ihn lebt,
wenn du ein Tier damit erschlägst
und dessen Blute daran klebt!

Hellmut, oh mein zweiter Sohn,
du kriechst sehr oft in Därme,
dein penetranter Arschgeruch
reicht bis in weite Ferne,

nimm diesen Klumpen Seife gegen das,
was von den Kunden zollt,
und Hochmut, nun zu dir:
Hochmut, du warst ungewollt!“

Er schiss noch kurz und schied dahin
und Hochmut rannte raus,
laut weinend, fluchend
zog er seinen Vater durch den Dreck.

Wie der es noch zu Lebenszeiten
immer stets mit ihm getan,
vollzog er einen dummen,
aber gleichzeitig auch fiesen Plan.

Er wollte einen Baum erklimmen,
einen hohen, einen alten,
um den Vater auf dem Weg
zum Himmel aufzuhalten.

Er verbiss sich im Geäst,
schlug seine Nägel in den Stamm,
Meter hoch um Meter
in die Krone er sich zwang.

Muskeln traten voller Zorn nach unten,
brachen jeden Ast,
Spechte trieben Löcher in ihn,
doch er spürte nichts, nur Hass,

er rauchte und er tobte,
wütend hieb er in ein Nest,
warum wurde er als Mensch geboren,
ohne Flügel wurzelnd fest?!

Und dann sprang er in die Höhe
und ein Licht, so wie das Wort
Gottes ging durch ihn
und spülte jeden Zweifel fort.

Endlich war er frei,
endlich war er oben, knallend
platzte vor Erregung
seine Lunte aus dem Hosenstall.

Dann packte er mit beiden Händen,
seinen zitternd prallen Pfahl
und bevor er „Achtung“ schrie,
ergoss er sich aufs ganze Tal.

Was ihm auf die Eier ging,
löste sich als glat-
ter weißer Teppich voller Liebe
auf die Dächer seiner Stadt.

Leer gepumpt und haltlos
schwappte Schweiß aus seinen Stiefeln
und ne Wolke in des Müllers Form
stieß ihn in die Tiefe.

Er stürzte auf den Boden,
dort zersplitterte sein Leib,
der Geruch seines geplatzten
Darms erinnert an sein Leid.

So endet tragisch die Geschicht'
und die Moral von diesem Lied
mag in manch' Ohren dämlich klingen,
bis man merkt, welch Halt sie gibt.

Drum sichert euren Standpunkt,
im wahrsten Sinn und überall,
und denkt an uns'ren Helden,
denn auch Hochmut kam noch vor dem Fall.

2014

Zweiter Scheiß

Scheiß drauf

Ein dummer Mensch hat mal gesagt, ich weiß nicht, ob ihr's wisst,
dass die Welt doch einfach nur ein Haufen Scheiße ist!
Ein Haufen Scheiße, dacht ich mir, sei doch schon sehr direkt!
Doch dann hab ich mich hingesetzt und unter dem Aspekt,

dass es mir zu dieser Zeit nicht wirklich knorke ging,
den Text verfasst, den ich jetzt rezitiere, da stehen drin:
Sachen, sag ich euch, an denen ich mich oft verbeiße
und, auch wenn's bescheuert klingt, auf die ich liebend scheiße!

Ich scheiß' auf Winter.
Wenn's ruhig ist im Walde, weil Klopfer längst erfroren ist,
und das kleine Bambi hungrig Rinde von den Bäumen frisst,
da kippt man sich zur gleichen Zeit den Glühwein in den Nacken
und vögelt hinter'm Christbaumstand mit irgendwelchen Spacken.

Es schneit, mir ist kalt, auch wenn ich 'ne dicke Jacke hab',
der Wind pfeift so erbarmungslos, ich friere mir die Klötze ab,
der Hodensack schon blau, fast schwarz, mein Gott, es schmerzt so sehr,

da hilft mir auch der arschgefickte Weihnachtsmann nicht mehr.
Meine Bude heizt nicht, ich konnte es kaum glauben,
doch darf ich jetzt nicht weinen, sonst gefrieren meine Augen.

Das einzig Coole ist doch über'n zugefrohr'nen See zu fahr'n
doch sagt mir der Wetterdienst, sei's dafür leider viel zu warm
und ich würd verhaftet, wenn ich einmal über Eis lauf,
doch ich scheiß drauf!

Ich scheiß auf Telefonsex.
Es ist kalt, ich steh im Wald, weil zu Hause Mama sitzt,
und wo es stinkt, weil sie ganz fürchterlich unter den Armen schwitzt,
außerdem soll sie nicht hören, was ich mache, weil
meine Freundin meinte, Telefonsex sei voll geil!

Jetzt steh ich hier mit meinem Handy, es fängt an zu regnen,
meinen Lümmel in der Hand, ich kann mich nicht erregnen,
großes Lob an meine Freundin, sie gibt wirklich alles,

doch ich merke schnell, dass Telefonsex nicht mein Fall ist!
Und am nächsten Tag hatte ich wieder nichts zu lachen,
sie wollte das von letzter Nacht doch gerne noch mal machen,
und ich bin so dumm und sage ihr, ich sei da heiß drauf ...
doch ich scheiß drauf!

Ich scheiß auf Nazis.
Fällt dir schon das Haupthaar aus, fehlt dir das Geld für ein Toupet,
triffst du dich gern mit dummen Menschen, geh doch mal zur NPD!
Denn da legt man Puzzle mit nicht mehr als 20 Teilen,
da macht man Ringkämpfe, bei denen Wunden nicht beim Sieg heilen,

da hängt man Karrieren an den Haken, kreuzt die Wege von manch Spaten,
die, dass das, wofür sie einstehen, riesen Schwachsinn ist, nicht peilen.
Und dann stehen sie ganz plötzlich hinter mir im Supermarkt

und ich bin ehrlich, nach deren Meinung hab' ich nicht gefragt,
doch dann machen die mich an, weil ich mir nicht Kartoffeln, sondern Reis kauf',
doch ich scheiß' drauf!

Ich scheiß auf Scheiße.
Wer kennt das nicht? Die Sonne scheint am Mittag in der Stadt,
'ne Rentnerin schlägt ihren Mann, weil der gekleckert hat,
ein Kind nimmt vollen Anlauf und tritt Papa gegen's Schienbein,
doch der regt sich nicht mal auf, das wird dann wohl verdient sein!

Und dann liegt auf meinem Weg ein großer Haufen Stuhl.
Er ist hellbraun, glänzt neckisch gold, ist eigentlich ganz cool,
nur plötzlich ist er da, viel zu groß und viel zu viel,
er platzt schmatzend auf und frisst sich tief in mein Profil.

Die Konsistenz von innen zäh, von außen jedoch zart,
ich verlier das Gleichgewicht und falle danach hart.
Und da vor mir ist der Anus, der den Schiss gebar,
und der Zorn in mir verrät, dem Hund, dem droht Gefahr!

Ich halt' mich noch zurück, nein, heute würde ich nicht töten,
aber diesem Border Collie tret' ich in die Klöten!
Da unter dem Arsch des Tieres baumelt er, der Hoden,
stöhnend voll mit Hundekot erheb ich mich vom Boden

und ich hebe meinen Fuß: Den Schnürschuh der Gerechtigkeit
ramme ich dann gnadenlos hart in des Hundes Mächtigkeit.
Ich hör' ihn schon winseln, heulen, doch das tut er nicht,
er dreht sich nur um und beißt mir mitten ins Gesicht,
und jetzt sitz' ich zu Haus und leg' auf meine Fresse Eis auf,
doch ich scheiß' drauf!

Ich scheiß' auf Liebe.

Es ist jetzt knapp zwei Jahre her, doch weiß ich noch genau,
wie es war, ja, wie sie war, ’ne ganz besond’re Frau!
Wir gingen essen und spazieren und ich fing an zu kapieren

tief in mir und insgeheim, sie könnte es für immer sein,
doch sie verlor schnell die Lust und in mir begann der Frust,
mehr und mehr sich zu verbeißen, sie fing an, sich loszureißen,
so wie Wasser in den Händen ließ sie es ganz stetig enden.

Und plötzlich wurde mir folgende Logik klar,
die, dass das Herz bricht, wenn man zuvor liebestrunken war!

Wochen saß ich nur zu Haus und heulte mir die Augen aus,
ich konnte nicht nach draußen gehen, die Angst davor, sie dort zu sehen
mit ’nem Mann in ihrem Arm und meinem Herz in ihrer Hand,
fraß sich tief in meinen Darm und dann habe ich erkannt,

wie die Wut sich langsam blähte, sie begann mich zu zerreißen,
ja, es platzten schon die Nähte, doch darauf kann ich nicht scheißen!

Und dann scheint ein helles Licht vom Himmel und ’ne Stimme spricht:
„Ja, mein Sohn, da hast du Recht, denn scheißen bringt’s hier nicht!“
Geblendet schaue ich nach oben und es schaut auf mich hernieder
Jesus Christus höchstpersönlich, ja, der Kerl, der alle liebt, er

trägt ’ne kurze Hose und kommt, glaub ich, grad vom Sport
und ich frage ihn: „Was verschlägt dich an diesen Ort?“
Und er sagt: „Mein Sohn, ich warne dich, nun höre mich an,
denn dass alles scheiße ist, da bist nur du selbst Schuld! Daran

kannst du nur selbst was ändern, wenn du’s einfach überdenkst
und allen Dingen eine objektive Meinung schenkst!“
Dann geht Jesus fort und ich denke drüber nach,
was der krasse Heiland gerade alles zu mir sprach.

Denn auf Jesus scheiß’ ich nicht, den einen oder andren freut’s,
denn der ist zwar ziemlich dünn, doch hat ein richtig breites Kreuz!

Und plötzlich wird mir klar, die Welt ist nur so scheiße, wie
man sie sich macht, und ist man glücklich, dann denkt man doch nie
über all die Sachen nach, über die ich gerade sprach, nein,
man denkt daran, was man nur täte ohne sie.

Vielleicht ist die Welt ja scheiße, doch warum nicht so gewollt,
denn woher kommt wohl sonst der Spruch: ‚Aus Scheiße macht man Gold'?
Und so ein Text dient nur dazu, die Tiefen zu erkunden,
die in uns liegen, trotzdem war er größtenteils erfunden.

Ein cooler Mensch, der sagt euch jetzt, ich weiß nicht, ob ihr's wisst,
dass fast alles aus 'ner anderen Sicht nur halb so scheiße ist,
doch liegt ihr nachts in eurem Bett und kommt nicht klar mit solchen Sachen,
dann steht auf, es liegt an euch, etwas Gold daraus zu machen!

2012

Dritter Scheiß

Party

„Jan, du bist ein Horst!“,
sagt Horst zu Jan,
Horst ist Jans Vater
und ist mit Schuld daran,

dass Jan ist, wie er ist,
macht, was er macht,
weil er selber über's Ausseh'n
seines eig'nen Sohnes lacht.

Jan geht in die elfte Klasse
und ist dort nicht sehr beliebt
und sieht man sich ihn mal an,
da merkt man auch, woran das liegt:

Er trägt 'ne Brille,
was ja gar nicht das Problem wär',
sähe sie nicht aus
wie aus dem achtzehnten Jahrhundert,

wäre sie nicht breiter als sein Kopf
und krumm und schief
und läg sie nicht auf seiner Nase,
die andauernd trieft.

Er ist einsfünfzig groß
und wiegt fünfunddreißig Kilo,
sein Deo ist alle
und deshalb riecht er wie ein Silo.

Seine Nägel sind lang
und sein Hosenstall offen
und er ist vom Aufmerksamkeits-
defizitsyndrom betroffen.

Also so ein richtiger Spaten.

Doch einst sprach Horst zu Jan,
es war ein schöner Tag im Juli:
„Oma liegt im Krankenhaus,
sie fiel in einen Gulli.

Ich werde sie besuchen,
gib bis dahin bitte Acht,

dass niemand davon Wind bekommt
und groben Blödsinn macht!“

Doch wie es Zufall, der Arsch, wollte,
stand auf der andren Straßenseite
Eduard, der Klassenschönste,
der mit seinem Hund verweilte

und der aufgrund des Gesprächs
sehr interessiert stehen blieb,
bei finsterem Gedankengut
sich innerlich die Hände rieb.

Er nahm sein Handy heraus,
Konsequenzen in Kauf,
Jans Leben in die Hand
und das Unheil seinen Lauf.

Jetzt.

Es klingelt, Jan macht auf
und Eduard steht da,
hinter ihm knapp hundert Leute,
die er noch nie sah.

Er schaut verdutzt nach oben,
denn er ist ja ziemlich klein,
fragt Eduard verängstigt:
„Ey, was soll denn das hier sein?"

Der schaut zurück und lacht:
„Hast du so was noch nie gemacht?"
Und mit Alkohol im Überfluss
verkündet er zu Jans Verdruss:
„Kommt rein, das wird 'ne richtig geile
PARTY!!!"

Wenig später in Jans Haus.

Der Fernseher brennt
und Eduard versucht verbissen,
mit dem, was Gott ihm gütig gab,
die Flammen auszutreten.

Die Küchentür ist 'rausgebrochen,
damit steht am Treppenende
Manuel, der Geisteskranke,
seine Blicke sprechen Bände.

Ohne Fans und ohne Bier
wäre er nie so weit gegangen,
surfend auf der Küchentür
die Treppe 'runter zu gelangen,

Dass sie eine Kurve macht,
hat er zu spät erkannt,
deswegen klebt seit zehn Minuten
Blut an jener Wand.

Die Nase in den Kopf gerammt,
doch sagt: „Das zeugt von Eiern!"
Er sieht aus wie 'ne Bulldogge
und lässt sich dafür feiern.

Doch Jan sitzt da
und trinkt und trinkt
und keiner merkt,
wie er komplett im Suff versinkt.

Denn an ihm vorbei, da rennt,
bisher unauffällig, Sven,
rennt an ihm vorbei
und schenkt ihm keinen Blick und ruft:

„Verdammt das is ’ne richtig geile PARTY!“

Er ist nackt.
Nur mit einem Strumpf bekleidet,
doch nicht auf dem, auf das man gern
den Blick vermeidet.

Nein, er trägt ihn so,
wie man ihn tragen muss,
nicht auf seinen Genitalien,
sondern an seinem Fuß.

Und hier wird auch schnell stark deutlich,
wie sich klar bei beiden
Geschlechtern die Meinungen
von nackten Schwengeln scheiden.

Alle Jungs gröhlen: „GOIL!“
Alle Mädchen kreischen: „IHH!“
Und manche sind ganz fasziniert,
die sahen so was noch nie.

Nur Jan sitzt da
und trinkt und trinkt

und keiner achtet drauf,
wie er im Suff versinkt und
hinter dicken Brillengläsern sein
Blick verschwimmt.

Denn währenddessen ruft vom Klo
in heller Panik Frank,
dort sei alles zugekackt,
es stünde bis zum Rand

Und deutet an, was,
wenn man es nicht behöbe, passiert,
nämlich, dass seine Blase, samt Frank
explodiert!

Oder wie er sich verbessert,
was auch eher zutrifft,
er im Flur die Schuhe
aller Anwesenden zuschifft.
Der Blick der kollektiv Ratlosen
wird derweil auf Lars gelenkt,
der zieht ohne Grund sein T-Shirt aus
und brüllt: „Die Scheiße wird gesprengt!“

Jubel macht sich breit
und ohne viele Fragen
wird der Held der Party
gradewegs zum Klo getragen.

Dort kniet er vor der Schüssel,
der Dankbarkeit aller gewiss
holt er einen Böller raus
und kloppt ihn in den Schiss.

Und mit Vaters gutem Feuerzeug
steckt die Lunte er in Brand,
lacht hämisch seinem Kot entgegen,
jeder wäre weggerannt!

Ein Knall! Ein Schmatzen!
tönen aus dem Badezimmer,
ist ihr Held für sie gestorben?
Nein, schaut an, er lebt noch immer …

Nur er hat Aa in den Augen
in den Ohren und der Nase,
komplett bedeckt sieht er ganz stark aus
wie der Milka-Schmunzelhase.

Doch dem ersten Schock
folgt dann sein tosendes Geschrei:
„Ich hab’s überlebt
und das Klo ist wieder frei!“

Nur Jan steht auf
und wankt und wankt
und wankelmütig der Verstand,
spricht Stuss, führt ihn vor eine Wand,
sagt ihm, dass er sich selbst verdammt,
er habe es zu spät erkannt,
und als ein Sturz ihn übermannt,
da schreit er noch so laut er kann:
„Vdammt, dassisnerischgeile…“

Die Sonne wirft ihren Schein
auf Jans regloses Gebein.
Er schlief ein in der Ecke,
dort war seine Decke
Kotze.

‚Oh Wodka, du Fotze',
denkt er, als er irritiert registriert,
dass sein Handy vibriert, und schockiert
sieht er ein Bild von sich.

Nicht von ihm gemacht,
denn unvorteilhaft geschossen,
wie er jetzt liegt, nur halt letzte Nacht
und der Anblick von allen genossen,
ins Internet kopiert.

Und er merkt, wie ein Schrei der Verzweiflung
aus seinem Magen nach oben dringt,
doch bleibt stumm, als er merkt, dass er allein ist
und nachtragend sein ihm nichts bringt.

Und so nimmt er sich Besen und Kehrblech
zur Hand,
um den Vater nicht noch zu enttäuschen,
nimmt Vorlieb damit, die Wut nur zu schlucken
und hin und wieder mal zu keuchen.

Und mit einer Träne im Auge als Metapher
für das Leid, das er erträgt, merkt er sich:

Auf eine Party ist Verlass,
auf Menschen meistens nicht.

Ein Achillesvers friedfertigster, die früh
begriffen,
dass die Welt sich nicht um sie dreht,
doch selbst Frieden ein Wort, das zwar leicht
definiert ist,
doch trotzdem nicht jeder versteht.

2013

Geheimer Scheiß

Müll

Teil 1:

„Es ist aus“, sagte sie Jan, als seine Hand noch ihre hielt,
so wie ’nen Ast, der halb vertrocknet an Gewächshauswänden lehnt,
und in dem Brustton eines Hauptmanns, der den Morgenmarsch befiehlt,
doch sich klangheimlich nach ein bisschen Ruhe sehnt.

Es lief so gut, dachte er meist, doch gut genug schien relativ
und die Oblate der Genügsamkeit verzehrt
und wie das Bitten, das sein schwacher Geist nicht laut genug errief,
blieb auch er dann stagnativ und ohne Wehr.

Über den Fall, dass er jetzt fiele, sprachen sie niemals ein Wort
und auch der Aufprall kam zu plötzlich und zu schwer,
er schloss die Wohnungstür und hatte sich bald selbst darin entsorgt,
und so sah man ihn drei Jahre nicht mehr.

Teil 2:

Es gibt ein Land, nicht weit von dort, da riecht es stark nach Pisse,
ein Dunst von kondensiertem Eiter regt den Gaumen schmeckend,
eine Skyline verschimmelten Dosenfraßes schafft dem Betrachter gewisse
Übelkeit im Mastdarmtrakt und geistiges Verrecken.

Dieses Land ist nicht der Arsch der Welt, ich glaube, es ist eher
ein Klumpen alten Durchfalls, der in einer der Rosettenfalten
krustend sich ins Fleisch verirrt und nässend dort verjährend,
unbehelligt jeglich prüfend Blickes so wie eine Zecke altert.

Hier freut man sich, wenn man erbricht, weil dann mal schmeckend sich der Mundraum regt
und trotz allen Ekels wieder Mimik durch die Fratze spült,
wo das, was man hervorgewürgt hat, scheint, als ob es lebt,
da selbst die Kotze sich vor Scham ins Dunkle wühlt.

Bis zum Knöchel steht die Scheiße einem, zäh und klebrig
windet schmatzend sich bei jedem Schritt die Ferse aus dem Fundament
voll Resten, die dem Mund entglitten, schimmelnd, weiß und ädrig
wachsen sie, in Lethargie, nicht wollend, völlig ungehemmt.

Spinnen vernetzen sich selbst, um regungslos schneller dem Leben zu weichen,
doch verenden sie meist schon davor lebensmittelvergiftet durch altes Madenfleisch,
Mordor ist hier noch ein Urlaubsziel, denn auch Sauron ist geiler als Leichen,
hier ist es so unberührt und nutzlos wie einst Adolf Hitlers Schambereich.

Flammen, die prasselnd den Massen der Hassenden Gassen in nassen Morasten erlassen,
im Krieg gegen Fliegen, die liegen gebliebene Triebe der Liebe zerrieben, entflammt es,
hier ist es so trostlos und so schlimm, man kann es selbst kaum fassen,
hier kommt man nicht hin, sondern geht hier nur weg, das Paderborn des kleinen Mannes.

Doch noch glimmt etwas Hoffnung wie ein Gedanke in ’nem Nazi,
wie ein Frisör für Kim Young Un, in tiefem Braun von derbstem Shit,
da liegt noch jemand fein verborgen wohnend, und der hat sie
in ’nem ewig lange unberührten, vollgesifften Herrenslip.

Ein Q-tip, der leicht eingeschmalzt und klebrig ist, dient dort als First,
er spannt den alten Stoff zu einem ocker schimmernd Bremsspurdach,
und da liegt Kakerlake Thorben, die gerade stark verwirrt
und zuckend, fast schon niedlich aus dem traumerfüllten Schlaf erwacht.

Heute ist sein großer Tag, den plante er seit Wochen,
er wollte auf den großen Berg inmitten all des Elends steigen,
einmal nur die Sonne seh’n, hat Mutter er versprochen
und allen andren durch das, was er tuen würd’, ’nen Ausweg zeigen.

Er faltet sein Kakerlaken, macht noch ein paar Fühlerbeugen,
die Frau Mutter tritt herein und klopft ihm auf die Augen,
er ist ihr nicht böse, denn ihr Antlitz lässt vom Übel zeugen,
sie sieht echt bescheiden aus, das könnt ihr mir glauben:

Sie hat nur drei Beine und ein Auge, das am Rücken hängt,
zwei Köpfe mit fünf Mündern und sehr schlichten Verstand,
beleidigt oft, falls sich mal was in ihrem Geweih verfängt,
sie ist ein ZweikopfzyklopADShirschblödtourettemutant.

Thorben liebt sie und er nimmt sie mit, ein altes Schamhaar dient als Seil,
und damit bindet er sich seine Mutter an den Bauch,
schnell noch einen Eiweißshake, der bringt zwar nichts, doch kommt echt geil,
und Thorben glaubt daran, denn viele andre tun's auch.

Der Weg ist matschig, Pfade erweisen sich als widerspenstig,
Dunst belegt die Augen zentimeterdick mit Schleim, so zäh, es
trifft einen die Blindheit, taumelnd, stumm, verwirrt und ängstlich
kommen sie nach langem Marsch letztendlich an den Fuß des Berges.

Er bindet sich der Mutter frei, verspricht ihr alles Gute,
noch einen Kuss von jedem Mund, dann schlägt sein Bein sich in den Fels,
senkrecht, Richtung klare Höhen treibt ihn seine Steigeroute,
Wald umgibt ihn bald wie karges Fleisch mit dichtem Pelz.

Er kämpft sich auf ein Flachplateau, dort rennt er nach vorn,
plötzlich legt sich ihm ein dicker, kahler Wurm in seinen Weg,
er bezwingt ihn, zwingt ihn fort, verbrennt in seinem Zorn
das dichte Buschwerk um ihn rum, bis dann der Boden sich bewegt.

Grade noch versteckt er sich in einer Höhle voller Flusen,
nutzt die Gunst der Ruhe und erklimmt den nächsten Wall,
der Boden weich und so geschmeidig wie ein zarter Busen,
und die Luft klärt auf, nimmt ihm jede Angst auf tiefen Fall.

„Mutter“, ruft er. „Hier ist die Luft so klar, ich seh …“
„Was siehst du?“, fragt sie. „Ja, lass mich ausreden, du Elch, ich …“
„Was sagst du? Ich hör dich nicht, mein Auge tut mir weh.“
„Das ist mir doch jetzt egal, mein Gott, ich bin grad überwältigt! Ich …“

Teil 1:
(Schlag)

Teil 2:
„Ahhhhhhh…“

Teil 1:
„Ahhhhhhh…“

(…)

Und Jan, er erwacht wie nach endloser Nacht, als der zuckende Käfer im Brusthaar verendend
das letzte Mal kackt und die Kruste zerplatzt, die das Salz hinterließ, sieht, wie Müll ihn umgibt
(und) der Schwindel ihn packt, doch er windet sich nackt aus dem Sessel, mit dem er verwachsen,
wankend knallt er an die Wand, denn in seinen Beinen schon lange kein Muskel mehr blieb.

Er krallt sich fest an einem Wall aus pechschwarzen Dosen, die offen zu leben begannen,
Entsetzen und Wut treiben ihn durch den Flur und er kriecht wie ein Bär auf der Suche nach Honig,
putzt mit den Händen den Schmutz von den Wänden, die sich dann als Fenster entpuppen,

ein Strahl scheint in Jans Heim, den stocksteif ein Schock greift, und der sich fragt: Wirklich, hier wohn ich?

Und er bricht aus sich raus zu dem Licht vor dem Haus, er will Luft, endlich Luft und das alles vergessen,
er tritt aus der Tür, bis die Sonne er spürt, und er atmet, atmet das erste Mal tief,
und er dreht sich zurück und da hängt dieses Stück Papier festgeklebt vor dem stinkenden Loch,
verblichen und matt doch die Stiftwahl bedacht und er liest.

Er taumelt nach hinten, entsetzt und erkennend, er wundert sich nicht mal, warum der Tesafilm noch hält,
und er läuft in die Wohnung, er räumt alles weg, stapelt, schichtet, sortiert, was ihn so lang gequält
denn ein kleiner Stoß reicht meist, die Richtung zu weisen, ein Zettel, geklebt an die Wand.
Da steht: „Ich liebe und ich bitte dich, ruf mich doch wieder an …“

2014

Vierter Scheiß

Trauer

„Wie groß kann so ’ne Rotztropfenblase denn werden?“,
denke ich, der trotz oftmals Blasenbeschwerden
und Harndrang nach fünf Humpen Bier auf ex
lieber sitzen bleibt und zusieht, wie sie wächst.

Sie ist gewaltig und man sieht dadurch nicht dein Gesicht,
fasziniert betrachte ich, wie sich das Licht darin bricht,
und mit jedem neuen Atemzug der Umfang sich vergrößert,
was mich trotz der Gefahr und auch der Spannung nicht nervös macht.

Doch dann, eine Fliege fliegt direkt zu dem gespannten Schnött,
wahrscheinlich findet sie diesen genauso interessant und plötz-
lich nimmt sie darauf Halt, dann rammt sie ihren Rüssel rein,
die Blase platzt mit lautem Knall und hüllt uns drei in grünen Schleim.

Das macht mich wütend, denn der Spaß ist jetzt vorbei,
verteilt im ganzen Raum, selbst von der Decke kleckst der Brei,
das macht mich sauer, doch noch saurer macht mich eins:
das Zeichen deiner Trauer, dass du weinst.

Du Muschi! Dabei ist der Grund so einfach,
denkst du, das sei die erste Beziehung, deren Schluss der Freund macht?
Ich meine, guck dir Gollum an, wenn wir uns schon damit befassen,
der ist so behindert, der wurd' sogar von 'nem Ring verlassen!

Ja, der Vergleich ist dumm, der Ring war kalt und hart mies,
der brannte dann mit Bilbo durch auf irgend so 'ner Party,
dein Freund war da ganz anders, der hat nie 'ne andere angesehen,
als Einzige von all den Frauen brachtest du den Mann zum Stehen.

Er tat alles nur für dich, gab jeden Tag ein Röslein hin
und sich für, dass du glücklich bist, ergab für ihn den größten Sinn,
er warf sich nieder, tat sich weh und alle solche Sachen,
nur für dein Lachen.

Er maß jeden deiner Schritte aus, um nicht danach zurückzubleiben,
hob dir Dinge auf, um seine Liebe dir gebückt zu zeigen,
schenkte dir fast täglich was, obwohl er nie betucht war, brachte
Frühstück an dein Bett, selbst wenn du ohne ihn im Urlaub warst.

Er hat sich dein Gesicht auf seine Eichel tätowiert,
gab damit jedem zu verstehen: Dieser Bereich ist reserviert!
Er hätte für dein Wohl selbst seinen Hodensack verkauft,
doch jetzt ist er nun mal weg und jetzt halt's Maul!

Denk positiv! Lass die betroffene Pose,
jetzt ist endlich wieder jeder Tag Tag der offenen Hose,
geh und setz' dich auf Gesichter, meinetwegen auch auf meins,
setz dich doch, wohin du willst, solang du nicht mehr weinst!

Das steht dir nicht, sieht scheiße aus,
ungefähr so wie es sich anfühlt, wenn du 'nen Hammer auf dein Steißbein haust.
Dein Gesicht quillt unter Tränen und das macht mich gar nicht an,
du ähnelst eher rot geschwollen dem Arsch von einem Pavian,

Der Schnodder rinnt dir in den Mund, du schluckst und er ist weg!
Ich hätte hier ein Taschentuch, doch bitte, wenn's dir schmeckt,
dein Oberlippenbart ist zwar gebleicht, doch er verdient Enthaarung,
deine Schminke, wild verteilt, geht locker durch als Kriegsbemalung,

der Fleck auf deinem Shirt, der scheint, als ob er lebt,
denn ich könnte schwören, der hat sich fortbewegt,
wie lang du deinen Slip schon trägst, will ich gerade wissen,
denn plötzlich riecht es so, als hätt'st du überhart geschissen!

Doch im Grunde bist du schon ganz sexy, halt gründlich gewaschen,
mit was an, das nicht so scheiße aussieht, würd ich dich vernaschen,
und dann denk' ich, wie süß und toll du und bestimmt kein Luder bist,
und das weiß ich so sicher, weil dein Ex-Boyfriend mein Bruder ist.

Doch wie schon Oma damals sagte über ihr Rezept für Zwiebelbrei,
alles ist gut, solange es in der Familie bleibt,
drum lenk' dich mit mir ab, auch wenn du ihn sehr vermisst,
er würde es nicht wollen, doch wenn der Feigling sich verpisst:

Dann scheiß ich da drauf und dann reiß ich dich auf,
nehm’ bei harten Stößen Brüche meiner Leisten in Kauf,
dass du’s heiß willst, du Sau, ja, das weiß ich genau,
ich bin Gewissensbisse missend und verschweig’s meiner Frau,

’Ne Menge Fleisch ist verbaut, mich freut, dass du staunst,
es messen sich in Zentimetern 30 am Schlauch,
zwischen deinen Beinen ist Flaute, du musst mir nur einmal vertrauen,
ich mein, das ist ja fast, als ob ich auf ’ner Reiswaffel kau’!

Und das reim’ ich im Flow, meiner Vorstellung, jo,
und auf einmal wird mir übel und ich kotze ins Klo.
Weil das nicht richtig ist. Weil du mir wichtig bist, du Schlampe, hör auf,
bitte, was ist das für ein dummer Gedankenverlauf?

Auf der einen Seite weiß ich, ich sollte für dich da sein,
dich trösten und umarmen und die Schmerzen nehmen, aber mein
Schwanz fordert vehement, trotz Bruderschaft und Rotzetropfen,
soll ich ihn am besten jetzt sofort in deine F...

Aber ich hab mich im Griff! Bin Herr meines Verstands,
ich nehme meinen Stuhl und werf' ihn an die Wand.
Dann schlag ich meinen Kopf dagegen, bis die Stirn mir blutend reißt,
du machst mich ganz bekloppt, was du langsam auch vermutlich weißt.

Ich hab nächtelange wach gelegen, viel zu viel gedacht, nur wegen
dir fühl ich mich wie entstellt und krank.
Ich glaub', ich breche bald zusammen, weil ich einfach nicht mehr kann
und du mir dabei nicht hilfst, brüll ich dich an:

Denkst du, das ist leicht für mich,
wenn du hier nur sitzt und die ganze Zeit flennst?
Glaubst du, ich verzweifel nicht,
wenn was, das so schön war, viel zu einfach endet?

Jetzt geht er seiner Wege, du kannst ihm nicht folgen,
auch wenn du vom Leben nichts anderes wolltest,
damit du das Weinen nur endlich vergisst, wieder lächelst,
da kann ich dir eines ganz sicher versprechen:

Er wird ganz bestimmt …
nicht noch mal sterben.

2014

Fünfter Scheiß

Der Egoist

Das Erste, was meine Mutter nach meiner dreiwöchigen Geburt sagte, war: „Mist.“

Der Grundstein für meine Existenz, aber auch ein schlimmes, schlimmes Leben war gelegt, ich war ein wirklich hässliches Kind, Freunde hatte ich keine, mir war häufig langweilig. Eines Tages ertappte ich mich dabei, wie ich die Bibel las und als Moses verkleidet vor unserer Badewanne stand und versuchte, das Wasser zu teilen. Mein Vater, der getreu den Mottos:

Bier ohne Alkohol ist wie Sex ohne Genitalien
sowie *Zahnbürste? Brauch ich nicht!*

lebte, lag drin, fand das gar nicht witzig und verfolgte mich schwengelwedelnd durch die Nachbarschaft. Dass meine Eltern die Bibel gelesen hatten, stand außer Frage, sonst hätten sie mich nicht mit zweitem Namen Judas genannt und auf einen römisch-katholischen Kindergarten geschickt.

Meine Mitkinder bewarfen mich mit Scheiße, meine Mitschüler bewarfen mich mit Stühlen und meine Lehrer bewarfen mich mit Schülern. Das einzige Mal, das meine Eltern wirklich hinter mir standen, haben sie mich geschubst.

Von Frauen will ich gar nicht erst anfangen. Mein letztes Date hatte ich vor zwei Jahren mit Jenny. Nun, wie beschreibe ich Jenny …? Wenn man Jenny mit einem Flusspferd mit Mundfäule und Haarausfall vergleichen würde, wäre das immer noch eine Beleidigung für das Flusspferd. Als Jenny damals ihren kolossalen Wanst in das Restaurant hievte, dacht ich nur:

„Jo. Besser widerlich als wieder nicht."

Was sie gedacht hat, habe ich nie erfahren, doch muss es relativ hart gewesen sein. Sie ist nicht einmal mehr aus der Tür gegangen, sondern direkt aus dem Fenster gesprungen und mit dem Gesicht aus dem fünften Stock auf dem Asphalt aufgeschlagen. Hatte sich im Grunde ganz witzig angehört, aber war trotzdem echt deprimierend.

Im Grunde ist alles deprimierend! Ich bin dumm, hässlich, kann nicht lesen, aber was kann ich tun?

Und plötzlich fällt es mir wie Schuppen aus den Haaren:
Ich bring mich um!
Aber wie?

Und plötzlich werd' ich unruhig
und laufe herum,
wie bring' ich mich denn jetzt
am effektivsten um?

Obwohl das mit dem „effektiv"
ist ziemlich relativ
und geht nur manches schief,
lieg ich nicht sechs Fuß tief,

sondern wandel' durch mein Leben
wie ein Toter auf zwei Beinen,
wie ein Fechter ohne Degen,
wie ein Bauer ohne Schwein,

wie ein Sack ohne Hoden,
wie ein Becher ohne Boden,
wie ’ne Uhr ohne Zeiger,
wie ein Til ohne Schweiger.

Doch zurück zu meiner Ausgangsfrage,
von der ich ausgegangen war:
Wie bring ich mich am besten um
und mache das am besten klar?

Da fällt mir mancher Schwachsinn ein,
kuriose Taten.
Die Top Zehn dieser Ideen,
die werde ich nun verraten:

Vielleicht
1. nehme ich ein Messer
und ramm’s mir in die Rippen
oder 2. esse einfach zwei, drei,
vier, fünf Kippen,
denn in Kippen, da ist Gift
und das Gift würde mich töten,
doch die Kippen sind auch teuer
und mir fehlen halt die Kröten …

3. Schmeiß' mich vor 'nen Zug
oder schmeiß' mich vor 'nen Bus,
4. hab 'ne Nussallergie
und esse 'ne Nuss,
5. Erhängen und 6. Erschießen,
langweilig, ich weiß,
doch was jetzt noch kommt,
ist echt kranker Scheiß!
7. Ich nehm 'ne Dose Katzenfutter
und reib' mich damit ein,
ich gehe in den Zoo,
spring' in den Pumakäfig rein,
dann hoffe ich, die akzeptier'n mich nicht,
sondern fressen mich stattdessen auf,
denn wie im Pumakäfig
riechts bei mir zu Hause auch!
8. Ich trink so lange Wasser,
bis mein Magen explodiert,
9. Werf 'nen Rucksack in den Vatikan,
schrei: „Bombe!"
Und warte, was passiert.
10. Oder ich fang an zu rappen,
und zwar richtig beschissen,
und fang an, alle Gangsterrapper,

die ich kenn, zu dissen:
Kay One und Bushido
und die ganze Fraktion
und sage denen: „Eure Mütter,
die hatt' ich alle schon!"
Dann sagen die: „Ey, fick dich
und lass das sein!"
Und dann sag ich: „Eure Glieder
sind winzig, winzig klein!"
Und dann würde ich entführt
und man schmiss mich in den Rhein
mit einem Sack Zement
an jedem Bein,
denn wer Rappermütter disst
oder deren Pimmel,
der steigt in 'nen Zug
und der fährt direkt in den Himmel!

Und plötzlich denk' ich,
dass mir alles viel zu langsam geht,
und dann sehe ich,
dass mein Fenster offen steht.

Und ich schaue auf die Straße
unter mir
und ich könnte es beenden
jetzt und hier.

Und ich dreh mich noch mal um,
sag meinem Leben: „Tschauuuu.“
Und in der Glotze
läuft die Tagesschau.

Ein Reporter berichtet
aus ’nem Dritte-Welt-Land,
einen Anzug an,
’ne Flasche Wasser in der Hand.

Hinter ihm steht ein alter,
dürrer Mann,
schaut traurig nach dem Wasser,
das er nicht haben kann.

Der Reporter merkt es nicht,
macht stumpf seinen Bericht,
das Elend hinter ihm,
das interessiert ihn einfach nicht.

Dann stürzt der alte, dürre Mann
ungebremst herab,
der Reporter sieht es,
doch hält ihn davon nicht ab.

Die eine Hand am Wasser,
die andere am Sack,
keine frei, die helfen kann,
nur Worte, hübsch verpackt.

Und plötzlich wird mir schlecht
und ich muss mich übergeben,
ich geb's auf, ein andrer kämpft
ums nackte Überleben

Und während der Reporter
in die Kamera stiert,
merk ich, dass genau dasselbe
aus mir selber wird

Aber ich will das nicht!

Doch wenn ich denke,
dass mein eig'nes Leben scheiße ist,

obwohl ein anderer vor Hunger
seine eig'ne frisst,
dann ist es zu spät.

Wenn jemand mich erst fragen muss,
bevor ich ihm Beachtung schenke,
und er's zweimal sagen muss,
weil ich nur an mich selber denke,
dann ist es zu spät.

Dann bin ich Vollblutegoist
mit jedem Schritt auf meinem Weg
und fang an vollends zu verblenden,
aber so will ich nicht enden!

Und das sagt mir eine Stimme,
die viel zu lange schwieg
und trotz meiner Verblendung
immer bei mir blieb,

eine Stimme im Kopf,
die dort schon lange Zeit wohnt
und die mir sagt,
für was es sich zu leben lohnt,

Und plötzlich fällt mir wieder ein,
wie diese Stimme einst sprach:
„Das Leben ist zu wertvoll!"
Jetzt denk da mal drüber nach.

2011

Sechster Scheiß

Herpes

Die Nacht ist kalt, dort wo ich bin,
ich steh' im Wald im übertragenen Sinn.

In Wirklichkeit steh' ich auf dem Marktplatz meiner Stadt,
in der keiner mehr ein offenes Ohr oder Auge hat,
jeder läuft blindlings rum, rempelt an, bittet nicht um Verzeihung,
‚sie sind's nicht wert', denkend, denn seiner eigenen Meinung
nach denkt, wenn man ehrlich ist, doch jeder nur an sich
und denkt, wenn ich dann ehrlich bin, doch nur genau wie ich.
Mich zieht's in eine Kneipe, vielleicht leiten mich die Triebe
auf der Suche nach 'nem kleinen Rausch oder etwas Liebe.
Ich setz' mich an die Bar, bestelle einen Cola-Korn,
dann schaue ich nach rechts, vorher schaute ich nach vorn,
da sitzt eine Gestalt und glänzt in gleißendem Licht,
die schönste Frau der Welt, ihr widme ich dieses Gedicht:

Sie war einssiebzig groß, ihr Haar war schwarz wie die Nacht,
eine solche hätte man wohl gern mit ihr verbracht,
doch das dacht ich nicht, ich sah in ihr Gesicht,
was mich ziemlich glücklich machte, da
das Erste, was ich dachte, war:
UUUUUUUUUUUUUUUUUUUUUI!

Ihre Augen waren tief und dunkelbraun,
selbst für einen Blick in sie hätte ich jemanden verhau'n,
nichts zu meckern gab es auch an ihrem Outfit,
es war ziemlich eng geschnitten mit 'nem ziemlich tiefen Ausschnitt,
ihre Lederleggins spannte sich stramm über ihren Po.
Dieser Anblick stimmte just die ganze Kneipe froh.
Diese Frau war der Gipfel, so gut wie makellos,
doch gab es da einen sehr großen Haken bloß:
ihren Freund.

Er war zwei Meter groß und er war dumm wie ein Stück Seife,
konnte hundert Kilo stemmen, aber nicht mal ’ne Schleife,
das sah ich an seinen Schuhen, denn die waren mit Klett,
er war glattrasiert, sein Haar glänzte vor Fett.
Ein Anblick, der mich sauer machte, da
das Erste, was ich dachte, war:
„Scheiße, der hat meine Freundin, den mach ich platt!“

Und die Wut verlieh mir Kräfte, von denen ich nie ahnte,
dann ging ich auf ihn zu, doch mein Gewissen mahnte:
„Scheiße, der hat deine Freundin, hau ihm ins Gesicht!“
Denn mein Gewissen, müsst ihr wissen, war auch so verliebt wie ich.

Danach ging ich zu ihm hin, zwinkerte ihr zu
und sagte: „Baby, ich weiß, was ich will, und was ich will, bist du!“
Und getrieben von Wut samt einer randvollen Blase,
nahm ich meinen Finger und rammte ihn ihm in die Nase.

Er steckte komplett drin, ich konnte Hirnmasse fühlen,
trotzdem hörte ich nicht auf, noch weiter zu wühlen.
Und er schrie wie am Spieß, es war schon echt fies,
doch ich tat es für die Liebe und es lohnten sich die Mühen!

Denn als ich meinen Finger wieder rauszog
und danach aus der Kneipe rausflog,
steckte sie mir ihre Nummer zu,
verraucht war da der Zorn im Nu.
Und von diesem Fakt beflügelt, wurd' ich aus der Bar geprügelt.

Ich beschloss zu warten und nach drei Tagen
habe ich sie letztendlich zum Essen eingeladen.
Im Restaurant fühlte ich mich fehl am Platze,
weil ich gern und oft beim Essen rülpse, furze und laut schmatze.

Doch ich tat es für sie und riss mich am Riemen,
fing an, einen regelrechten Gentleman zu mimen.
Ich gab ihr das Wasser, zwar konnte ich's ihr nicht reichen,
doch sie nahm meine Hand. Das war ein Zeichen!

Und über Rotwein und Kartoffelgratin
nahm ich ihren Kopf und zog ihn zu mir hin
und über Crème brûlée und gedünstetem Zander
peitschten unsre zügellosen Zungen aneinander.

Sie beugte sich vor und sprach in mein Ohr:
„Komm, wir verlegen das an 'nen horizontaleren Ort."
Ich hatte mich schon gefragt, warum sie mir so viel Bein zeigt,
ich warf sie mir über die Schulter wie in der Steinzeit.

Ich vergaß zu zahlen und rannte nach Haus,
und bevor ich da war, hatt' ich schon die Hose aus,
dann warf ich sie auf mein Bett, drei Meter durch den Raum,
sie entkleidete sich, der Anblick ein Traum!

Und ich sagte meinen Satz, manch einer hätte geschwiegen,
doch ich deutete auf sie und sagte: „Jetzt wirst du bestiegen!"

(Um die folgenden Zeilen nicht so obszön klingen und werden zu lassen,
ist der brillante Autor auf die nicht mindergeile Idee gekommen, das,
was passiert, und es handelt sich hier ganz offensichtlich um guten,
denn der Autor schreibt hier aus seiner Sicht, Geschlechtsverkehr,
in eine reichlich dufte Landwirtschaftsmetaphorik zu verpacken.
Um zu betonen, wie genial diese folgenden Zeilen sind, wurden sie
unterstrichen.)

Ich ging zu dem Traktor und schlüpfte hinein.
Dann nahm ich den Pflug und hängte ihn ein.
Sie war der Acker, ich pflügte ihn munter.
Ich nahm meinen Samen und hob ihn ihr unter.

Denn sie war die Frau für's Leben und für ein Leben danach
die, von der die Firma in dem Song ‚Die Eine' sprach,
sie war noch krasser als Merkel, denn nichts stand über ihr,
und sie wollte etwas von einem Idioten wie mir.

Und es schien so unwirklich, doch stellte ich's nicht in Frage,
denn nichts ist schlimmer als der Moment, in dem ich mir sage:
„Wach auf, Mann, wach auf, denn das ist alles nur ein Traum!"
Und ich erwache am Tresen, doch hab' ich kaum

Zeit, mich zu bedauern, denn ich schaue nach rechts,
und da sitzt sie wirklich, ohne Spaß und in echt,
und bevor der Mut sich legt,
frag' ich: „Schnitte, schon belegt?"

Und trotzdem lächelt sie mich an, so bezaubernd, und
dann halt ich plötzlich inne und schau auf ihren Mund.

Da ist er, der Liebeskiller in Bläschenform,
und ich will nicht viel sagen, denn so was stört mich enorm,
und ich schau' in ihre Augen, doch seh' ich dunkel
immer ihre Lippen und den dortigen Furunkel.

Und plötzlich wird mir übel und ich kotz ihr ins Gesicht
und sage: „Du, das mit uns beiden, das wird so nicht.“

Denn abgeseh’n von Liebe, Zukunft und gutem Geschlechtsverkehr
stört mich diese eine Sache dabei leider viel zu sehr,
es fiele mir auch viel zu schwer, da immer drüber wegzuseh’n,
es würde zwischen uns und vor allem unsren Lippen steh’n,
und dann weiß ich auch nicht mehr genau, ob sie mir das wert ist
mit Herpes.

2012

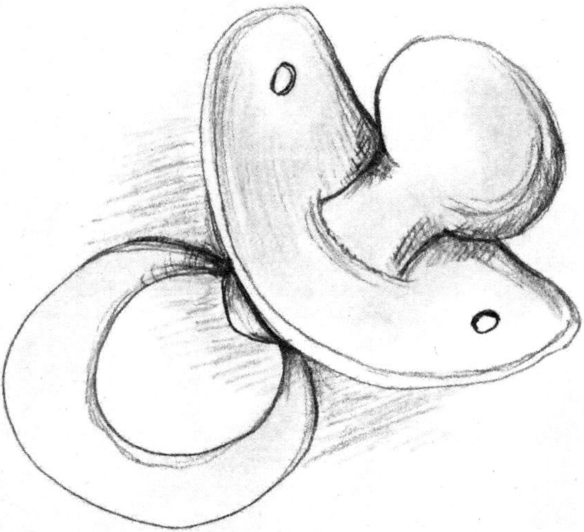

Zweiter geheimer Scheiß

Busen

So lauscht, es war ein Busen,
welchem, dem BH enteilt,
________ aus Kellenhusen
galt die Hauptaufmerksamkeit.

Er saß am Tisch daneben
im Cafe, als er beschloss,
sich diesen Anblick hart zu geben,
während Blut gen Lenden floss.

Sehr bald kam der Zweite
________, so war sein Name,
dem zeigt sich auch die befreite
Brust der schönen Dame.

Er bestellte sich 'ne Milch,
warum, das war ihm nicht ganz klar,
während schamlos dieser Knilch
sich jenen prallen Mops besah.

Dann ganz zufällig kam ich,
er war der Dritte
und setzt sich ganz offen
in Blickrichtung Titte,

um den wohlgeformten Mops
in seiner Gänze zu betrachten,
doch hätt ich Folgendes gewusst,
erst nicht begonnen nach zu trachten.

Der Vierte dieser Runde
wurde just aus seinem Wagen
und mit seinem kleinen Munde
hoch zum Warzenhof getragen.

Dockte an und es ward still,
in diesem Raum voll treuer Männer,
von denen jeder dies steht's will,
denn wir sind alle Euterkenner.

Und aus dem kuschweichen Deckchen,
das umhüllte den Gewinner
ragte wie ein kleines rosa Stöckchen hoch,
ein Mittelfinger.

Und von dem Mann, der sich vermehren will,
blieb nur ein Tropfen, der ins Leere fiel,
denn was wir sehen und nicht kriegen,
stimmt uns hoffnungslos dank Trieben.

2014

Siebter Scheiß

Rabenmutter

Teil 1:
Metapher

Der Winter kommt und still und leise
bringt er uns nebst Weihnachtsglück
auf diese wunderbare Weise
endlich wieder Schnee zurück.

Kinder tollen glänzend äugig
in der flockig weißen Pracht,
die geballt vom Werfer freudig
Freunden vor die Fressen kracht.

Und buk man dann mal einen
kleinen, feinen Kiesel ins Geschoss,
so sah man den Getroff'nen weinen
und das Blut, das er vergoss.

Väter brechen sich die Leisten
bei dem Tragen der Geschenke
für den Spross, von dem die meisten
viel zu fett sind, wie ich denke,

voll mit Fleisch von Rind und Schwein,
das Mutter unter Schweiß gebraten.
„Lass das Kochen einfach sein!“,
hätt’ ich ihr als Poet geraten.

Rohkost wäre angesagt
und Völlerei gemieden,
doch Kind befiehlt und Mutter spurt,
und alle sind zufrieden.
Doch weitab von diesem Idyll,
da hinter der Häuserwand,
hinter dem Garten und dem Müll,
gleich dort vorn am Wegesrand

aus einem Nest in Baumes Krone
lugt ein kleines Augenpaar,
das Kleine wartet kalt und ohne
Essen auf die Frau Mama.

Ein schwarzer Vogel fliegt herbei,
nur ein Schatten in der Nacht,
das kleine Küken sich erfreu',
was hat er ihm wohl mitgebracht.

Nichts.
Froh öffnet sich schon das Schnäblein,
doch es bleibt für heute leer,
da räuspert sich das kleine Räblein,
spricht zu seiner Mutter schwer:

„Mutter, schau! Dein armes Kind
sitzt hier mit leerem Magen,
und wo wir schon mal dabei sind,
da wolltc ich dir sagen:

Ich bin von Eis und Schnee bedeckt,
keine Sicht auf Frühlingstau,
sag, willst du, dass dein Kind verreckt,
du arschgefickte, dumme Sau?!"

Die Mutter schaut das Kinde an
mit Augen so verständnislos,
denkt: ‚Kann es sein, dass so was kann,
und wo ist Kindes Hemmnis bloß?‘

Sie holt tief Luft, guckt garstig drein,
noch hält der Schwall vor Mundes Pforte,
dann brüllt sie auf das Kleine ein,
doch trifft wohl nicht die besten Worte:

„Halt dein Maul, du dummes Kind,
weißt du nicht wo wir hier sind?
Im Wald, wo niemand einen hört
oder ob etwas nicht stimmt,

also mach jetzt keinen Ton,
bevor ich dich umknall,
denn du bist nicht mein Sohn,
nein, du warst ein Unfall.

Das liegt zwar hauptsächlich
an meinem kranken Wahn
mit allem ins Nest zu gehen,
was mir vor's Gefieder kam,

doch daran war mein Vater Schuld,
von ihm bekam ich keine Liebe,
nur völlige Fehlfunktionen
meiner sexuellen Triebe.

Und das lag daran,
dass ich auch kein Wunschkind war,
die Vorstellungen von seinem Küken
war'n für meinen Vater klar.

Ich hörte ihn oft dumpf verkünden,
als ich schwamm in Eies Dotter,
Jungs, passt auf, mein Kind wird noch krasser
als Hedwig in Harry Potter.

Dann kam ich zur Welt,
doch leider war ich keine Eule.
Beule.

Jede Nacht vögelte ich mich
blindlings durch den Wald
auf der Suche nach einer festen Bleibe
oder etwas Halt.

Doch dann musste sich mein Lotterleben
meinem Alltagstrott ergeben,
als ein lautes Wimmern tief
aus meinen Därmen hallte.

Ich dachte:
Eieieieieieieieieierlegen ist jetzt echt nicht mein Ding,
doch das kriege ich hin!
Brauche nur ’ne warme Unterkunft,
wo ich alleine bin.

Und dann ging ich gleich zu Walter von der Waldverwaltung,
sprach, ich bräuchte eine Bude gegen Balgerkaltung.

Und er bot mir dann
ein hohles Astloch an,
da war bis zur Hälfte Harz drin,
nur weil ich schwarz bin?

Und ich baute selbst ein Nest,
ist zwar durchgängig durchnässt,
aber so viel Geld für dich zu investieren,
wär doch Schwachsinn!

Wer denn jetzt dein Vater ist?
Bin ganz ehrlich, weiß ich nicht,
denn ganz egal ob Frau, ob Mann,
jeder durfte bei mir ran,
ob Hase, Kobold, Wurm und Schwein,
im Grunde könnt es jeder sein!

Mein letzter Freund, ein hochnäsiger
Nasenbär,
sagte Nasenbärennasen stör'n beim
Blasen sehr,

aber trotzdem musste ich mich sehr bald
von ihm trennen,
denn obwohl der Sex sehr gut war,
wollte er dich Kevin nennen."

„Aber Mama, Sauron Horst #yolohitler
ist jetzt auch nicht viel besser …"

„Fick dich, du dummes Blag,
hör auf das, was ich sag,
ich bin schon gestresst genug,
weil mich fast keiner mag.

Doch ich gebe zu, dass eigentlich
wollen alle nur so sein wie ich,
und mit einer Kindheit, die ich hatte,
umgeh'n können, wie ich's machte,
und mit etwas Zeit für mich

macht das alles hier auf einmal Sinn
und ich bin keine Übertreiberin,
wenn ich sage, was ich denke,
und mir Kommentare schenke,
da ich eindeutig die Geilste bin.

Denn wer ein Kind bekommt
nach einer düsteren Vergangenheit,
sich nicht verstrickt in eine
postnatale Verfangenheit,

der ist sicher nicht der Typ,
der so mit sich reden lässt,
und lässt du jetzt noch einen Piep,
dann trete ich dich aus dem Nest,
Bitch!“

Teil 2:

Er sitzt auf dem Boden, den Blick gesenkt,
der Schnee liegt schwer, er weilt schon länger da.
Keiner, der ihm noch Beachtung schenkt,
denn er liegt dort nicht das erste Mal.

Der Boden kalt, die Beine sind schon blau
gefroren,
dünne Hosen trägt er, denn dicke kann er sich
nicht leisten,
Hoffnung haben er und alle längst verloren.
Vielleicht nicht alle, doch zumindest die meisten.

Die Jacke vollgekotzt, man kann sehen, dass er
nichts gegessen hat,
mit leerem Magen trinken erfüllt viel eher den
Zweck,

die geschwollene Rechte hebt sich von seiner
Linken ab,
vom Schlagen gegen Wände nach landen im
Dreck.

Die Stadt um ihn ist hell erleuchtet, Licht
bricht sich in seinen Tränen,
voll mit Menschen, die gut Lachen habend ihre
Einkaufstüten tragen,
Nase rot und Lippen spröde, man könnte
Krankheit wähnen,
doch niemand würde sich anschicken, ihm das
zu sagen.

Seine Mutter war keine, sein Vater verschollen,
niemand, den er hätte anflehen können, um ihn
zu lieben.
Wie hätte er dem Ganzen denn entkommen
sollen?
Als Küken, zu jung und nicht im Stande zu
fliegen.

2013

Achter Scheiß

Der Problemtext

Ein Text über Probleme aus folgendem Grund:

Denn ich gehe durch die Stadt und ahne nichts,
meine Freundin eisschleckend neckend und angesichts
von dem, was gleich passiert,
überhaupt nicht irritiert,
und wer das überhaupt nicht kommen sieht, bin ich.

Ein Mann mit Hund geht ohne Grund vorbei
und ich durch seine Hundehaufen laufend verliere lei-
der mein Gleichgewicht,
doch darin zeigt sich nicht
die Problematik der Erzählerei.

Denn mein Körper wehrt sich vehement gegen festen Stand
und meine Kugel Eis mit mittlerweile ’ner Wespe dran,
die offensichtlich Gefallen an meinen Resten fand,
trifft dummerweise das Gesicht vom letzten Mann,

den sie treffen sollte
und ich nicht treffen wollte!

Nämlich damals auf der Schule schlug er mir gern auf die Schnauze,
heute trägt er seine Hose in den Socken und hat ’ne Plauze
jetzt sticht ihm auch noch dummerweise ’ne Wespe ins Auge
und meinem unauffällig abgewandten Blick zum Trotz glaube

ich, dass er weiß, wer’s war,
und tatsächlich, er steh da
genau vor meinem Gesicht
und ich frag: „Heeey ... alles klar? ... Bro?!“

Er gibt mir freundlich zu verstehen,
ich hätte ein Problem,
doch bevor er mein Gesicht zertrümmert,
merk ich, wie sich mein Körper um sich kümmert,
vielleicht auch nur, um Zeit zu schinden,
frage ich den vor Wut Blinden:

„Was wär' das denn für ein Problem,
ich würde es nicht ganz verstehen,
ich könnte Beispiele erwähnen
in dem nun folgenden Poem!"

Und der Moment, in dem sein Gesicht verdutzt,
wird für ein improvisiertes Gedicht genutzt:

Ich schaue ihn an und sage:

Wenn ein Kanal aus Licht durch die Dünste bricht,
in einem Dixi-Klo auf einem Zeltplatz
du dir die Qualen nicht so unmittelbar
und abgrundtief hart vorgestellt hast,

dir der Anus fast reißt, dich im Armfleisch verbeißt,
wünschtest, die Pein würd' endlich vergehen,
dir der Stuhl dann entweicht, doch kein Klopapier da ist,
mein Freund, dann hast du ein Problem!

Wenn dein Antlitz scheint, als ob ein Künstler
mit Pinselstrich ihm Form und Farbe verlieh
und ein innerer Spross schon früh im Haupt keimend
zu geistiger Größe gedieh,

wenn dein wulstiger Prengel ein Kürvlein beschreibt,
und doch ist er länglich und schön,
wenn du rundum perfekt bist, doch riechst wie ein Rektum,
dann, glaub mir, hast du ein Problem!

Wenn du dich aufgrund Bauchspecks zum Joggengehen aufraffst,
doch plötzlich dein Wadenbein bricht,
der Knochen geborsten und Sehnen aufschabend
den Muskel samt Hautnetz durchsticht,

und wenn auf der Lichtung wo einsam du leidest,
plötzlich zwölf Wildschweine stehen,
denn du fielst ganz unglücklich auf einen Frischling,
dann, schätz' ich, hast du ein Problem!

Wenn die wippenden Titten einer spritzigen Schnitte
in der Disko die Tanzfläche säumen,
der Speichel der Männer zur Sintflut verkommt
und ungesund anfängt zu schäumen,

wenn die Hosen beengenden Reize der Damenwelt
dich zwingen, zu ihr zu gehen,
doch dann fällt dir auf, du hast keine Beine,
dann hast du was anderes, ein Problem!

Wenn du kotzt, doch es kotzt dich nicht an, dass du kotzt,
denn dein Lächeln wischt Brechreiz nicht weg,
und du liebst das Gefühl, wenn dir das durch den Kopf geht,
was ungehemmt in dir versenkt,

wenn Synapsen platzend, dein Selbstbild verachtend
dir nicht mehr gesteh'n zu verstehen,
dass du deine Würde selbst antastbar machst,
dann hast du ein Riesenproblem!

Wenn dein Sohn dich fragt, warum er zu Weihnachten
nur einen Gutschein bekommt
und sein Freund aus der Schule die Playstation X,
dann schau ihn doch an und, verdammt,

sag ihm doch endlich, dass all dein Geld drauf geht,
um ungestört zocken zu gehen
und dich zu vergnügen, doch du sagst, du liebst ihn,
und deshalb hast du ein Problem!

Wenn das Essen den Tisch und Gelächter den Raum
am idyllischen Mittag erfüllt,
man dank Mutter des Hauses der Völlerei frönt,
dir der Magen schon fast überquillt,

doch dein Bein hält nicht still und den Schweiß nicht die Poren,
denn du kannst nicht mehr übersehen,
dass ihre Mutter dich mehr anmacht als deine Frau,
mein Gott, dann hast du ein Problem!

Wenn du dumm wie ein Stock bist und hässlich dazu
und dein Deo hat merklich versagt,
und wenn dein Schwanz in Zentimetern gerechnet
deinen IQ überragt,

dann verpiss dich doch einfach in irgendein Loch,
mach es dicht und lass dich nicht mehr sehen
und doch machst du mich an und ich frage mich nur,
was zur Hölle ist denn dein Problem?!

Und dann schlägt er mich, weil ich zu laut bin,
denn er verträgt es nicht, dass das durchaus stimmt,
denn sein Hirn ist zu klein, um Gedanken zu fassen
und das, was er tut, reflektieren zu lassen.

Und der Funke Erkenntnis, der kurz in ihm glomm,
erlischt genauso schnell, wie er gekommen,
keine Spur hinterlassend in geistiger Öde,
denn um so was zu raffen, ist er viel zu blöde!

Und dann rennt er weg, weil ihm das, was ich sagte,
ganz plötzlich Kopfschmerz bereitet,
und er denkt, ich kann zaubern, nur weil mein Gedicht
seinen Verstand überschreitet,

zwar lieg ich am Boden, doch fühl mich als Sieger, mich lässt bloß
diese Frage nicht los ...

Was ist das Problem?
Und ich befehl' mir zu versteh'n
und gebe mir selbst die Antwort, denn:

Die Natur des Menschen hält ihn an,
an, was er hört und sieht, zu reifen,
und das Problem ist, nicht nur zuzuhören,
sondern zu begreifen.

2013

Bei Lektora erschienen

Karsten Strack (Hg.)

Die ultimative Poetry-Slam-Anthologie I

24 versammelte Bühnentexte mit Kommentaren

Diese Anthologie bietet einen Querschnitt deutschsprachiger Slam-Texte aus den vergangenen 10 Jahren. Sie beinhaltet zahlreiche „Klassiker" renommierter Slam-Poeten wie zum Beispiel *„Ärger die Monotonie"* (Sebastian 23), *„Ein Kanake sieht rot"* (Sulaiman Masomi), *„Bread Pitt"* (Lars Ruppel), *„Ballon-Fahrer Jean und Flieger-Horst"* (Karsten Hohage), *„Von Ärzten und Claire. Wenn die Welt wäre wie in Serien"* (Pierre Jarawan) oder *„Märchen mit Opa"* (Jan Philipp Zymny), um nur einige zu nennen. Zu den einzelnen Texten finden sich auch die jeweiligen Autorenbiographien und als besonderer Bonus ein Kommentar des Autors zu seinem jeweiligen Text.

ISBN 978-3-95461-030-3
188 S.
13,90 Euro

www.lektora-verlag.de/shop